獻給卡利耶，我的爸爸

© 大貓來我家

文圖／艾瑪·賴澤爾　譯者／黃筱茵　責任編輯／郭心蘭

發行人／劉振強　出版者／三民書局股份有限公司

地址／臺北市復興北路386號（復北門市）　臺北市重慶南路一段61號（重南門市）

電話／(02)25006600　網址／三民網路書店https://www.sanmin.com.tw

2020年9月初版一刷　2022年8月初版二刷

書籍編號：S859341　ISBN：978-957-14-6891-4

Big Cat

Text and Illustration Copyright © Emma Lazell 2019

First published in the United Kingdom in 2019 by Pavilion Books Company Limited

43 Great Ormond Street, London, WC1N 3HZ

Traditional Chinese translation rights © 2020 San Min Book Co., Ltd.

小山丘

小山丘官網

大貓來我家

艾瑪・賴澤爾/文圖

黃筱茵/譯

我們正忙著在後院找奶奶弄丟的眼鏡，

這時候……

「奶奶，
妳看，我發現一隻
貓！」

「……喔，你不是那隻最可愛、最漂亮、
最帥氣的小貓咪嗎？」
奶奶說。

「……你不能留下來耶。你一定是某個鄰居家的貓。」

叮咚

所以我們到處問鄰居
是不是有貓走失了，
可是……

……他們都沒有養貓，

而且呀，坦白說，全都

受夠了
奶奶的貓便便在
大家的花圃上，
還在大家的花園
小屋裡尿尿。

反正啊，我們把大貓留下來了。
牠跟奶奶其他的貓咪
是有點不同。

更

好

更少生氣……

......而且也更

奶奶不明白為什麼
我們的貓糧這麼快就沒了。

她又再次傳簡訊給供應商——貓糧老闆卡爾！

話説回來，人類的食物
似乎也消失得很快！

有一天門鈴響了。

叮咚

來吃晚餐的老虎

來喝下午茶的人類

嗯……不曉得是誰呀？

不可能是貓糧老闆卡爾，
因為他早上才來過。

也不可能是奶奶的新眼鏡，
因為明天才會來。
我們下樓看看吧。

「哈——囉——，」
按電鈴的客人大吼著說，
「我們在附近尋找失蹤的兒子時
發現了這副眼鏡。
請問這是您的眼鏡嗎？」

奶奶很高興能找回眼鏡，所以她決定
邀請客人進來喝茶吃蛋糕。

她想知道自己有沒有可能幫忙
找到他們失蹤的兒子。

「喔屋我的老天牙

有老虎！」

幸好，
是**非常友善**
的老虎。

彬彬有禮的老虎。

所以現在我每個星期
都跟老虎們一起喝下午茶……

星星獎
本週之虎

……而且奶奶幫自己買了
很多很多

很多很多的
備用眼鏡。

不過，就算戴著
新眼鏡……

……奶奶還是沒辦法看清楚

所有的東西！